CUENTO DE LUZ

Para Charles y Andrew.

- Erik Speyer -

Impermeable y resistente
Producido sin agua, sin madera y sin cloro
Ahorro de un 50% de energía

Kubi conoce a Rosita

© 2018 del texto: Erik Speyer
© 2018 de las ilustraciones: Erik Speyer
© 2018 Cuento de Luz SL
Calle Claveles, 10 | Urb. Monteclaro | Pozuelo de Alarcón | 28223 | Madrid | Spain
www.cuentodeluz.com

Título en inglés: *Kubi Meets Rosita*
Traducción al español de Jimena Licitra

ISBN: 978-84-16733-37-8
Impreso en PRC por Shanghai Chenxi Printing Co., Ltd. julio 2018, tirada número 1645-3

KUBI

CONOCE A ROSITA

Erik Speyer

Kubi vivía cerca de un río con su dueño Charlie,
capitán de un remolcador.

Le encantaba observar los barcos, las aves y demás animales desde el puente de mando.

La garza azulada era una buena amiga. También lo eran las tortugas, los patos y otras aves acuáticas.

En el río había una increíble tienda de antigüedades donde Kubi y sus amigos de cuatro patas se divertían jugando al escondite.

Cuando se cansaban de tanto jugar, los perros encontraban
lugares cómodos para acurrucarse a dormir la siesta.

Disfrutaban mucho observando juntos cómo los barcos
navegaban río arriba y río abajo.

Para refrescarse, saltaban al agua y, al caer, salpicaban mucho.

Kubi solía pasar por los astilleros. Allí los constructores
de barcos le daban de comer y de beber.

Un día, cuando Kubi volvió a casa, se encontró con una perra
que era nueva en el barrio. Estaba cansada y hambrienta.
Se llamaba Rosita y venía de unas lejanas tierras del sur.

Después de que Rosita descansara un poco, comiera
y bebiera una buena cantidad de agua fresca, Kubi y
sus amigos se reunieron a su alrededor para escuchar
la historia de su largo viaje.

Rosita era de un pueblo de las montañas.
Nunca había tenido un verdadero hogar,
así que por lo general se sentía sola,
pasaba hambre y tenía mucho miedo.

Un día se armó de valor para dejar
su pueblo y partir en busca de un lugar
donde pudiera vivir mejor.

Se subió a un autobús muy colorido que iba hacia el norte.

Tras llegar a la estación final del autobús, Rosita tuvo que atravesar valles y junglas durante varios días y varias noches. Fue muy duro y solía sentirse perdida y asustada.

Tuvo que cruzar un desierto inmenso,
donde hacía mucho calor y sintió mucha sed.

Por suerte un pajarillo, un cucarachero desértico, le mostró dónde encontrar agua.

Rosita conoció también a unos zorros del desierto muy amistosos, que la ayudaron a seguir su camino, pese a la oscuridad y el miedo.

A la mañana siguiente, llegó a una gasolinera donde un amable
señor le dio agua y comida.

Después, saltó a la parte trasera de una vieja camioneta.
La conducía una pareja que se dirigía a una ciudad portuaria
que estaba en la boca de un río.

Así fue como Rosita conoció a Kubi. Tras oír
su historia, todos decidieron que era hora de
darse un baño. Saltaron al río a jugar
con una cría de manatí y su madre.

Más tarde, Kubi presentó a Rosita a uno de sus
vecinos, que decidió llevársela a su casa. Rosita
conquistó enseguida el corazón de aquella familia,
y le dieron un collar.

Kubi estaba cansado después del día tan emocionante
que había tenido. Se fue a dormir al remolcador a la luz
de la luna y soñó con lugares muy lejanos.